Annie

La chorale des sept petits cochons

Illustrations
de Jimmy Beaulieu

la courte échelle

Les éditions de la courte échelle inc.
5243, boul. Saint-Laurent
Montréal (Québec) H2T 1S4

Révision:
Sophie Sainte-Marie

Conception graphique de la couverture:
Elastik

Conception graphique de l'intérieur:
Derome design inc.

Mise en pages:
Sérifsansérif

Dépôt légal, 2e trimestre 2005
Bibliothèque nationale du Québec

La courte échelle reconnaît l'aide financière du gouvernement du Canada par l'entremise du Programme d'aide au développement de l'industrie de l'édition pour ses activités d'édition. La courte échelle est aussi inscrite au programme de subvention globale du Conseil des Arts du Canada et reçoit l'appui du gouvernement du Québec par l'intermédiaire de la SODEC.

La courte échelle bénéficie également du Programme de crédit d'impôt pour l'édition de livres – Gestion SODEC – du gouvernement du Québec.

Données de catalogage avant publication (Canada)

Langlois, Annie

    La chorale des sept petits cochons

    (Premier Roman; PR147)

    ISBN 2-89021-747-7

    I. Beaulieu, Jimmy. II. Titre. III. Collection.

PS8573.A564C56   2005   jC843'.6   C2005-940453-1
PS9573.A564C56   2005

Imprimé au Canada

Annie Langlois

Du plus loin qu'elle se souvienne, Annie Langlois a toujours été passionnée par les livres. Elle a étudié en littérature et termine présentement un doctorat à l'université Sorbonne-Nouvelle, en France. Annie a été libraire pendant plusieurs années et aussi chargée de cours à l'université. Aujourd'hui, elle est directrice littéraire et artistique aux éditions de la courte échelle. En plus d'être l'auteure de la série Florent et Florence, elle écrit les aventures de la petite Victorine, qu'on retrouve dans la collection Albums et dans la collection Mon Roman.

Jimmy Beaulieu

Jimmy Beaulieu est né à l'Île d'Orléans et il habite Montréal depuis quelques années. Homme-orchestre, il exerce tous les métiers liés à la bande dessinée: auteur, éditeur, libraire et critique. Il est également illustrateur et il anime un atelier de création au cégep du Vieux-Montréal. *La chorale des sept petits cochons* est le deuxième roman qu'il illustre à la courte échelle.

De la même auteure, à la courte échelle

Collection Albums
Victorine et la pièce d'or

Collection Mon Roman
Victorine et la liste d'épicerie

Collection Premier Roman

Série Florent et Florence:
L'évasion d'Alfred le dindon

La chorale
des sept petits
cochons

J'espère que tu chantes
bien, Amélie...

Anne
mars 2008

À Thérèse, qui n'aurait sans doute pas apprécié que mon oncle Jean-Guy se mette en tête d'élever des cochons…

1
Le défi de Roland

À l'approche des vacances d'été, mon frère Florent et moi avons des fourmis dans les jambes.

Nous comptons les jours, les heures, les minutes et même les secondes avant notre départ pour le lac aux Mouches.

Cette fois, Roland, notre oncle et père adoptif, est plus impatient que nous d'arriver au chalet. Il chante à tue-tête des airs qui parlent d'amour.

En réalité, il est pressé de retrouver Marie, notre charmante voisine. Je vois dans les yeux de mon oncle amoureux qu'il compte, lui aussi.

Il calcule les minutes, les heures, les jours et les semaines qu'il passera en compagnie de sa dulcinée.

Roland oublie peut-être qu'il devra travailler très fort cet été. Si bizarre que cela puisse paraître, notre oncle est entraîneur d'animaux pour le cinéma et la télévision.

Son prochain contrat le lie à Jingle Animal. C'est une compagnie de disques spécialisée dans la création d'albums de Noël chantés par des animaux.

Après *Le Noël des chats* et *Les pitous chantent Noël*, deux succès internationaux, l'entreprise désire enregistrer un nouvel album.

Roland doit parvenir à former une chorale avec des… cochons. Rien de moins.

Je suis un peu inquiète pour lui. Tout le monde sait qu'un cochon, c'est particulièrement têtu. Pauvre Roland, je parie qu'il aura besoin de notre aide.

— L'amourrrr est un oiseau rrrebelle, que nuuuul ne peu-eu-eu-eut apprrrivoiser!

Mon frère et moi subissons les chants de notre oncle heureux. Et nous souhaitons de tout cœur que les cochons seront plus talentueux que lui…

2
Do, Ré, Mi, Fa, Sol, La, Si

Dès que j'entrevois le chemin privé qui mène au chalet, une joie immense gonfle mon coeur. À nous les vacances!

Mon frère et moi filons vers la grange pour y rencontrer nos nouveaux copains. Roland, lui, se dirige vers la petite maison jaune. Foi de Florence, ça sent les bisous d'amoureux…

Lorsque nous ouvrons la porte, je remarque qu'un cochon, ça ne sent pas très bon!

— Pouah! Ça pue le moisi pourri! s'écrie mon frère en se pinçant le nez.

Devant nous, trois bêtes, noeud papillon au cou, nous observent avec curiosité. Nous devinons que ce sont Do, Ré et Mi, les trois mâles de la chorale.

Mon oncle a eu une brillante idée. Chaque cochon porte le nom de la seule note qu'il arrive à chanter.

Je me penche et prends ma voix la plus rassurante pour les appeler.

— Oh! les beaux cochonnets! Coui, coui, coui… Venez voir Florence.

— Tu es ridicule, réplique mon

frère. Ce n'est pas comme ça qu'on parle à des cochons.

Il revêt son air le plus décontracté et dit:

— Hé! les gars! Quoi de neuf?

Les trois cochons ne réagissent pas davantage. Ils restent immobiles. Soudain, un vacarme monte du fond de la grange. Mon frère s'y précipite. Il est totalement surexcité.

— Viens voir, Flo, c'est une bagarre de filles!

Derrière une botte de foin, quatre cochons affublés d'une boucle rouge semblent se disputer. Mon frère a deviné que ce sont les quatre femelles du groupe: Fa, Sol, La et Si.

La plus grosse d'entre elles s'acharne à mordre la queue en tire-bouchon d'une autre. Elle a l'intention évidente de la lui défriser.

La victime tente de fuir, sauf que l'assaillante la poursuit sans répit.

Mon frère encourage la truie comme s'il assistait à une course de chevaux.

— Vas-y, ma belle, attrape-la! Tu peux y arriver!

À cet instant précis, j'ai honte d'être la soeur jumelle de cet énervé. Rien ne m'amuse dans cette scène. J'ai même peur que la dispute se termine mal. Je me fâche:

— Ça suffit! Il faut les séparer avant qu'elles se blessent!

Justement, la victime émet un cri si aigu que je sens vibrer mes tympans jusque dans mes orteils. Florent tente d'intercepter la vilaine truie. Elle court si vite qu'il peine pour la rejoindre.

Je dois me lancer dans la course pour bloquer le passage à la truie. Surprise, elle s'arrête net, et mon frère peut enfin la soulever. Elle grogne de mécontentement, mais les paroles réconfortantes de Florent finissent par l'apaiser.

— Chut, chut… murmure-t-il. On se calme.

Les autres truies, elles, tournent autour de mon frère, comme pour narguer leur assaillante.

— Pendant que tu berces l'enragée, je vais chercher Roland.

— Fais vite, elle est plutôt costaude. Je ne tiendrai pas longtemps.

Je sors de la grange en courant, sous le regard des trois mâles. Ils n'ont toujours pas bougé d'un poil.

***

Roland n'était pas surpris quand je lui ai raconté ce qui s'était produit. Malgré tout, il a pris un air outré en entrant dans la grange.

— Je m'en doutais bien, s'exclame Roland en apercevant la bête dans les bras de Florent. C'est encore Fa qui fait des siennes.

La truie baisse les yeux de la même manière que nous quand notre oncle se fâche.

— Ton attitude me déçoit, Fa, la rabroue mon oncle en levant un doigt désapprobateur vers elle.

La bête dodue tente d'amadouer Roland. Elle se frôle contre ses jambes, tel un chaton. Notre oncle ne change pas d'humeur.

Il amène Fa à l'extérieur et se dirige vers l'enclos à poules.

— Puisque tu n'arrives pas à vivre avec tes copains, tu resteras ici quelques jours pour réfléchir.

Mon oncle s'emporte rarement mais, quand ça arrive, on ne peut qu'attendre que ça passe.

3
Une mission pour nous!

Depuis plusieurs jours déjà, Roland s'acharne à entraîner ses cochons. Sans succès. Aucun animal n'accepte de chanter sa note.

Ce soir, nous mangeons chez Marie. Nous avons droit à sa fabuleuse lasagne aux fleurs du jardin. Malgré le bon plat et les regards doux de Marie, notre oncle a l'air soucieux.

— Cette truie me donne du fil à retordre. Elle se chamaille constamment avec les autres. Elle a même traumatisé les trois mâles…

— Pourquoi est-ce que tu ne la congédies pas? demande mon

frère, très terre à terre.

— C'est la plus talentueuse du groupe, cette coquine! Elle exécute le *fa* le plus parfait qui soit. Elle ne fausse jamais.

Il nous rappelle les auditions qu'il a fait passer pour dénicher les sept chanteurs de la chorale.

Deux mois entiers à se promener chez tous les éleveurs de la région avec son microphone...

Partout où il allait, il écoutait s'égosiller les cochons.

Le fermier chez qui il avait découvert Fa lui avait pourtant assuré qu'elle était une truie sans problème... Voilà le résultat: des bagarres à n'en plus finir.

— Elle a peut-être simplement besoin d'attention, suggère Marie.

La bonne âme que je suis se sent soudainement interpellée. N'avais-je pas prédit que Roland aurait besoin de nous?

— On lui en donnera, nous, de l'attention. N'est-ce pas, Florent?

— Oh oui! Pour ça, faites-nous confiance, lance mon frère, une fois de plus sur-excité par le défi.

Roland et Marie nous regardent d'un air attendri. Ils nous trouvent mignons et un peu naïfs, je le sais. J'espère qu'ils nous remercieront lorsque NOUS aurons réglé ce petit problème!

— Je vous prends au mot, mes poussins, dit notre oncle en réprimant un rire. Deux têtes de cochon valent mieux qu'une, c'est certain!

Et c'est ainsi que nous entreprenons une nouvelle aventure. Ça ne doit pas être si compliqué de transformer Fa en une bête bien élevée…

4
Fa cherche la bagarre

Notre oncle adore chanter à tue-tête à l'heure des poules. Je l'oublie chaque année, quand viennent les vacances d'été. Le fait-il exprès pour nous réveiller?

— Debout, frérot! C'est aujourd'hui que commence notre mission.

Le lit de mon frère est vide. Il est déjà sorti. Vexée, je me débarrasse de mon pyjama. En deux temps, trois mouvements, je me retrouve dans ma salopette de travail. Au boulot, la paresseuse!

Quand j'arrive devant l'enclos, j'assiste à une scène amusante. Mon frère court derrière Fa qui, elle, poursuit Boris, le chat de Marie, qui s'est faufilé dans l'enclos.

C'est la pagaille! Le chat miaule, la truie grogne et mon frère m'appelle.

— Floreeeeence! Aide-moi! Fa est déchaînée!

Après quelques minutes de ce cirque, le chat se retourne et siffle en montrant ses griffes.

Effrayée, Fa exécute un demi-saut périlleux. Bien qu'elle ne soit ni souple ni légère, elle parvient à atterrir dans les bras de mon frère ébaubi.

— Wow! As-tu vu ça? Une nouvelle discipline olympique: le saut de la truie! lance-t-il en riant.

Le chat, lui, n'insiste pas. Il repart, la tête haute, vers la maison de Marie. Florent m'explique que Boris avait à peine miaulé un «bonjour» que la truie se jetait sur lui.

Mais pourquoi Fa sauterait-elle sans raison sur un chat? Je demande à mon frère:

— Es-tu certain qu'il la sa-
luait? Il ne l'embêtait pas?

— Groingroingroin! intervient
la vilaine.

— Une vraie furie, je te dis!
me répond Florent.

Ça ne peut plus continuer. Il
faut absolument trouver une solution. Fa finira par traumatiser
tout le monde.

Dans la grange, Roland tente de réunir les cochons pour commencer l'entraînement musical. Mission impossible: les quatre truies se chamaillent sans arrêt.

Quant aux trois mâles, ils restent tout aussi stoïques que lors de notre première rencontre. Roland est de plus en plus découragé.

— Comment pourrai-je créer une chorale avec ces cochons?

J'observe la scène. Mon regard va de Fa à Sol, La et Si. Ces dernières ont un air plutôt hautain. Elles se dandinent fièrement, le groin en l'air.

— Florent, trouves-tu que Fa est différente des autres cochons?

Mon frère hausse les épaules.

— Elle est beaucoup moins coquette, non?

Pour illustrer mon propos, Fa est justement prise d'une envie de se rouler dans la poussière. Les quatre courtes pattes en l'air, elle émet des râles peu gracieux…

— C'est vrai qu'elle agit en véritable cochon, admet mon frère.

— On peut aussi affirmer qu'elle
est plus grosse que les autres, non?

Florent acquiesce.

Un doute commence à s'installer dans mon esprit. D'un côté,
une truie sale et dodue, mais talentueuse. De l'autre, trois petites
coquettes… La vilaine n'est peut-
être pas celle que l'on croit.

5
L'espionnage des cochons

Florent et moi nous sommes installés dans notre repaire secret: le poulailler. Cette cabane offre une vue sur l'enclos de Fa.

Nous attendons que se termine la répétition et que Roland reconduise Fa dans son domaine.

— C'est long… se plaint mon frère qui déteste demeurer immobile.

— Chut! C'est l'occasion ou jamais de savoir ce qui se trame entre ces cochons. On doit rester ici pour les espionner…

Enfin! Roland s'en vient vers nous. Il dépose Fa dans l'enclos,

s'étire, se gratte le crâne, puis se dirige vers la maison.

— Je mérite un café avant de retourner à la grange pour nourrir ces cochons capricieux! souffle-t-il.

Au loin, les trois femelles sont aux trousses des malheureux mâles. Elles les harcèlent de leur groin, se frottent contre eux en chantant *sol*, *la* et *si*. Puis elles leur tournent autour en riant.

Le manège dure assez longtemps. Je murmure à mon frère:

— J'ai l'impression que nous assistons à une tentative de séduction.

— En tout cas, les mâles n'ont pas l'air d'apprécier leur méthode! répond-il, perspicace.

Lorsqu'elles aperçoivent Fa, les trois femelles se désintéressent

des mâles et s'approchent sour-
noisement du grillage. Elles émet-
tent en choeur un terrible grogne-
ment à l'adresse de notre truie.

— GRRRROINNNN !

Bien que je ne parle pas le lan-
gage des cochons, je comprends
que ces chipies viennent d'insul-
ter Fa.

Il n'en faut pas plus pour que
cette dernière s'emporte de nou-

veau. Elle fonce droit vers le grillage pour riposter.

À ce moment, on entend Roland:

— Venez manger, mes petits! Groingroingroin! De la bonne pâtée pour les cochons de tonton!

Fa s'immobilise. Elle gigote et sautille sur place en émettant des gloussements joyeux. Elle oublie Sol, La et Si et ne pense plus qu'à remplir son bedon!

Les trois prétentieuses quittent les lieux en se moquant de la gourmandise de la pauvre Fa.

6
La découverte
du «Délice cochon»

Depuis quelques jours, Sol, La et Si acceptent de chanter lorsque Fa n'est pas là. Par contre, Roland ne parvient pas encore à obtenir un son de ses mâles. Les trois bêtes restent muettes comme des carpes.

Florent et moi prenons très au sérieux notre rôle de tuteurs auprès de notre protégée. Notre Fa ne chante toujours pas. Cependant, elle est très heureuse de l'attention que nous lui portons.

Aujourd'hui, c'est un grand jour. Nous emmenons notre copine faire les courses avec nous

au village. Roland lui a confectionné une laisse en rubans de Noël.

— J'ai pensé que ça pourrait la mettre dans l'ambiance des fêtes et l'inspirer un peu, nous explique-t-il.

Fa se tient admirablement bien. Elle est calme et nous suit sans rechigner. Somme toute, elle agit en truie de grande classe. Ce

qui confirme nos soupçons sur les trois autres femelles…

— Tu es une bonne fille, Fa. Nous sommes fiers de toi!

Les gens se retournent sur notre passage. C'est vrai qu'une truie en laisse, c'est surprenant. Nous cheminons dans les allées du marché extérieur quand une dame nous interpelle:

— Oh! le beau cochon de Noël que voilà! Viens voir tati Fabienne! s'exclame-t-elle derrière son comptoir de dégustation.

Je lance un regard assassin à «tati» Fabienne, qui nous propose de goûter à la nouvelle crème glacée «Délice cochon». Sans demander de permission, elle en offre à Fa.

La truie engloutit sa portion en une seconde, puis elle se met à

couiner et à tourner en rond, tel un chien devant un os. Soudain, elle émet une note claire, un *fa* parfait, qui se répercute dans tout le village.

— Qu'est-ce qui lui prend, maintenant? s'interroge mon frère.

— Je pense qu'elle aimerait que vous achetiez un pot de cette délicieuse crème glacée, suggère Fabienne.

Fa perd la raison. Elle chante de plus en plus fort. Les gens nous regardent de travers. J'ai honte.

— Je pense qu'on n'a pas d'autre choix, marmonne Florent.

Sans hésitation, j'ouvre la porte du congélateur et je saisis au hasard quelques contenants. Instantanément, la truie se tait. Elle pousse l'insulte jusqu'à nous faire un sourire victorieux.

— À bientôt, jolie petite truie!

lance la dame en lui envoyant la
main.

Je rêve peut-être, car il me
semble que Fa adresse un clin
d'oeil à la dame. Mon frère ne
remarque rien puisqu'il est oc-
cupé à sermonner Fa. Je croirais
entendre mon oncle…

— Tu as gagné, mais que je ne
te reprenne plus à nous faire honte.

Sinon c'est moi qui mangerai ta
crème glacée.

— Groin! réplique poliment la
bougresse gourmande.

7
Sol, La et Si,
les truies sournoises

En fin de compte, l'aventure du marché a valu le coup. Nous avons réussi à faire chanter Fa. Roland n'en revient pas.

Le seul hic, c'est que Fa est gourmande. Lors des répétitions, nous devons toujours avoir un cornet de crème glacée pour elle.

Cela dit, nous n'avons pas résolu le problème du trio de coquettes. Elles agressent Fa dès que Roland a le dos tourné.

— Florence, tu devrais pouvoir régler ça, les disputes de filles… lance mon frère.

— Très drôle. Tu sauras que je

suis une personne très agréable.
Je n'ai pas l'habitude des disputes, moi!

Devant nos mines contrites et
notre début de querelle, Roland
nous invite à prendre l'air.

— Vous n'avez pas encore profité des vacances, mes poussins. Allez vous amuser un peu!

***

Au lac, mon fou de frère s'amuse à sauter à l'eau, puis à se rouler sur la plage. Lorsqu'il se relève, il est complètement couvert de sable.

— Rrrrrrghhh! rugit-il avec grand sérieux. Je suis l'horrible monstre des sables et je vais ensabler l'univers entier!

C'est devant ce spectacle ridicule que mon intelligence hors du commun se manifeste enfin.

— Je sais comment amadouer les trois femelles!

Je partage mon idée avec mon frère, qui semble moins convaincu que moi. J'assène mon argument final:

— On ne perd rien à essayer!

Nous attendons la fin de la répétition pour entrer dans la grange.

Il n'est pas nécessaire de mettre Roland dans le coup. Il y a des choses que les adultes ne peuvent pas comprendre… Même un adulte un peu bizarre comme notre oncle adoré.

Les trois mâles sont encore en position de chorale… muets et immobiles. Sol, La et Si tournent autour d'eux. Mon frère veut prendre les choses en mains.

— Les filles, nous avons un marché à vous proposer!

— Chut! Florent! Pas devant les autres…

J'invite les trois femelles à nous suivre dehors. Quand nous nous sommes éloignés, je leur expose ma solution.

— J'ai remarqué que vous êtes de très jolies truies. Vous méritez un traitement spécial.

Je leur promets alors un bain de boue, un massage, ainsi qu'une heure de bronzage par jour.

— À une seule condition: que vous laissiez vos collègues en paix!

Les trois truies continuent à me fixer. Mon frère s'impatiente et lève les bras au ciel:

— Tu vois, Florence, ce sont des cochons! Elles ne comprennent pas ce que…

Mais avant qu'il termine sa phrase, les trois bêtes se placent en cercle et se mettent à grogner. C'est clair, elles discutent de ma proposition. Florent n'en croit pas ses yeux. Moi, plus rien ne me surprend.

Les truies reviennent vers nous. Elles s'avancent et hochent la tête. Elles me tendent ensuite la patte pour sceller l'entente.

Je suis drôlement fière de mon idée. Surtout quand j'annonce à Florent qu'il sera responsable du bain de boue et du massage de ces demoiselles. Il faut voir la tête qu'il me fait!

8
Do, Ré, Mi, les trois petits cochons peureux

Les derniers jours se sont déroulés sans anicroche. Mon frère est passé maître dans l'art de dorloter les trois petites coquettes. Elles le suivent partout.

Maintenant, je dois régler le cas des trois mâles. Bien que les femelles aient cessé de les importuner, ils restent muets.

J'attends le moment propice pour discuter à coeur ouvert avec eux. Sans détour, j'aborde la question:

— Dites-moi ce qui ne va pas, les garçons. Je suis là pour vous aider.

Je m'attendais à des regards passifs, mais leur réaction est fort différente. Ils se mettent à parler les uns par-dessus les autres. Je n'arrive pas à les suivre.

— Du calme! Un à la fois, je vous prie!

Les cochons sont saisis. Ils se taisent de nouveau. Si je m'en doutais, j'en suis maintenant persuadée: ces cochons sont tout simplement peureux.

Je les invite à s'installer confortablement. Ils ont besoin de gagner de la confiance en eux. Quand j'ai toute leur attention, je commence:

— Il était une fois trois petits cochons…

Je leur raconte ce conte classique en ne négligeant aucun détail. Je leur explique comment les trois bêtes sans défense, sans doute leurs ancêtres, sont venues à bout du grand méchant loup.

Mes auditeurs boivent mes paroles, les yeux écarquillés. J'ai visé dans le mille!

Lorsqu'ils retournent dans la grange, les trois mâles sont gonflés à bloc. Ils se sentent investis d'une mission: celle de faire honneur à leurs trois nouveaux héros.

***

Je croyais que nous venions de passer les vacances les plus

occupées de notre existence. J'étais loin de deviner que les deux dernières semaines seraient encore plus folles.

Nous avons dû aider Roland à préparer la grange pour le grand concert de Noël.

La compagnie Jingle Animal a décidé d'enregistrer l'album en direct, avec les applaudissements et tout le tralala. Ce sera le premier enregistrement du genre dans le monde entier! Ce n'est pas rien!

Marie s'est aussi mise de la partie. C'est elle qui a dessiné les affiches annonçant le concert. On les a installées partout au village. Dans les vitrines des marchands, sur les poteaux et dans la rue principale!

C'est certainement grâce au travail de Marie que nous faisons salle comble ce soir.

Il ne reste que cinq minutes avant le spectacle.

Les cochons sont nerveux. Les trois coquettes n'arrêtent pas de se regarder dans la glace. Les mâles lisent sans relâche l'histoire des *Trois petits cochons*. Et

Fa… avale des pots de «Délice cochon».

Roland s'est pomponné. Il est accoutré de son habituelle chemise à carreaux qu'il a minutieusement repassée. Il s'est fabriqué un noeud papillon semblable à celui de ses cochons. C'est le chef d'orchestre le plus rigolo qui soit.

Quand le concert commence, Florent et moi nous sentons remplis d'une immense fierté. Notre travail s'est fait dans le plus grand secret. Peu importe, nous savons que nous avons participé au succès de cette chorale.

La carte de Noël

Cet automne, nous sommes retournés à l'école avec le sentiment du devoir accompli!

Nous rigolons chaque fois que nous pensons à Roland. Il ne s'est jamais douté des différents clans qui existaient dans sa porcherie. Et il ne comprend toujours pas pourquoi Florent a passé l'été à dorloter le trio de coquettes…

Nous sommes à cinq jours de Noël.

Le facteur nous remet une enveloppe dont l'adresse de retour indique le lac aux Mouches. Ce n'est pas une lettre de Marie, puisqu'elle est avec nous pour le temps des fêtes. De qui cela peut-il être?

Mon frère ouvre l'enveloppe et lit la carte à voix haute:

Chers Florent et Florence,
Nous vous souhaitons un temps des fêtes rempli de surprises, de cadeaux et de merveilleux chants de Noël.
Tati Fabienne et Fa

La carte représente Fa, portant un bonnet de Noël et léchant un cornet de crème glacée. C'est la nouvelle publicité de la glace «Délice cochon».

En plus d'être devenue la porte-parole officielle de la compagnie, Fa est devenue l'animal domestique de Fabienne!

Nous accrochons la carte au sommet du sapin de Noël. Puis nous insérons l'album *Les petits cochons du père Noël* dans le lecteur.

C'est en chantant en choeur avec nos copains porcins que nous commençons à compter les semaines, les jours, les heures, les minutes et les secondes qui nous séparent des prochaines vacances d'été…

Table des matières